WINTER

Helga u. Victor v. Brauchitsch

WINTER

Stürtz Verlag Würzburg

Morgens ward es klar.
Auf den Bäumen glitzert hell
Schnee von heute nacht.

Rokwan

Schnee

Der Schnee treibt,
das große Schleppnetz des Himmels,
es wird die Toten nicht fangen.

Der Schnee wechselt
sein Lager.
Er stäubt von Ast zu Ast.

Die blauen Schatten
der Füchse lauern
im Hinterhalt. Sie wittern

die weiße
Kehle der Einsamkeit.

Dem Gedächtnis
Hans Henny Jahnns

Peter Huchel

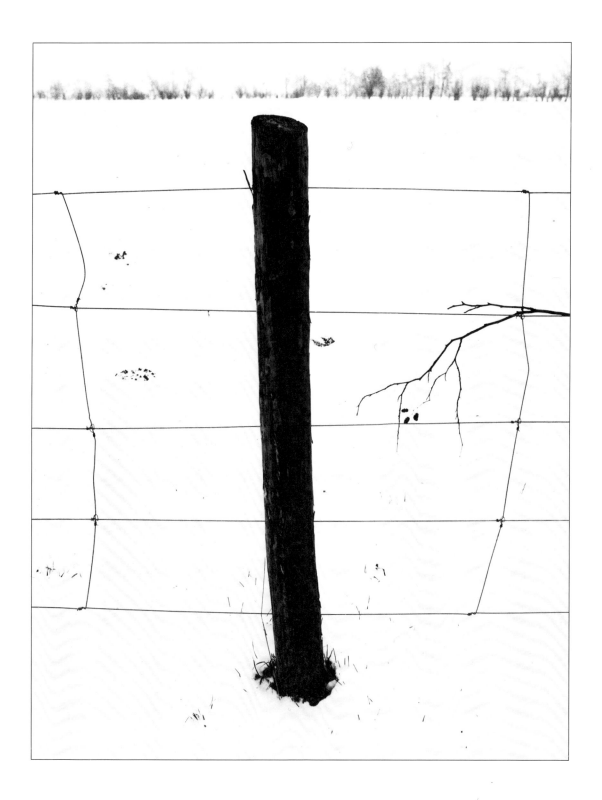

Winterfrühe

Winterlicher Leere
Weites Land.
Reib die Welt dir aus den Augen,
Nur ein Körnchen Sand.

Schimmel steht im Schnee,
Weisser Hase, ungeseh'n,
Weisses Kleid im Schnee,
Wer will es erspäh'n?

Wo und Wann taugt nichts mehr.
Schmeckst ein Glück du?
Wohin du auch siehst,
Weite pflückst du.

Silberteller
Ohne jeden Rand.
Hältst das Lichtgefäss du
In der Hand?

Friedrich Georg Jünger

Ins Weisse blickend

Schnee hat auf Katzenpfoten
den Garten zurückerobert,
die Dächer und Bäume besetzt.
Erfroren starren
die Knospen dich an,
schwarze Pupillen
im Weiß der Zweige.

Wolfgang Bächler

Spaziergang im Winter

Im Schneefeld glänzen noch die Spuren
Von Vögeln, die schon fortgehuscht,
Als seien plötzlich Liebes-Zeichen
Auf Reispapier getuscht.

Weit leuchtend schwingen gelbe Ruten
Der Weiden in das blaue Licht,
Als streiften scheue Frühlingswinde
Über das Erdgesicht.

Hermann Kasack

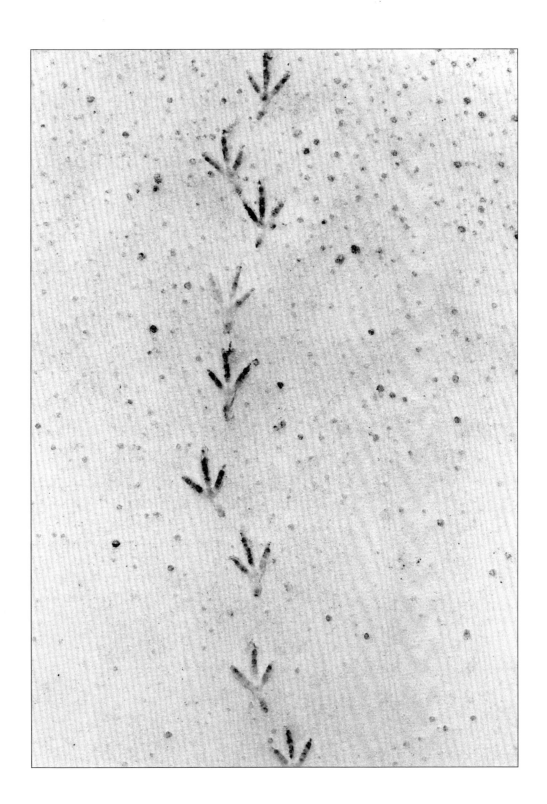

Weihnacht

Es blüht der Winter im Geäst,
und weiße Schleier fallen.
Einsam erfriert ein Vogelnest.
Wie vormals läßt das Weihnachtsfest
die Glocken widerhallen.

Es neigt sich über uns der Raum,
darin auch wir uns neigen.
Es glänzt der Kindheit Sternentraum.
Ein neuer Stern blinkt hoch am Baum
und winkt aus allen Zweigen.

Johannes R. Becher

Vereinsamt

Die Krähen schrein
Und ziehen wirren Flugs zur Stadt;
Bald wird es schnein –
Wohl dem, der jetzt noch Heimat hat!

Nun stehst du starr,
Schaust rückwärts, ach, wie lange schon!
Was bist du, Narr,
Vor Winters in die Welt entflohn?

Die Welt-ein Tor
Zu tausend Wüsten stumm und kalt!
Wer das verlor,
Was du verlorst, macht nirgends halt.

Nun stehst du bleich,
Zur Winter-Wanderschaft verflucht,
Dem Rauche gleich,
Der stets nach kältern Himmeln sucht.

Flieg, Vogel, schnarr
Dein Lied im Wüstenvogelton! –
Versteck, du Narr,
Dein blutend Herz in Eis und Hohn!

Die Krähen schrein
Und ziehen schwirren Flugs zur Stadt:
Bald wird es schnein,
Weh dem, der keine Heimat hat!

Friedrich Nietzsche

Der Schnee

Der Schnee fällt nicht hinauf
sondern nimmt seinen Lauf
hinab und bleibt hier liegen,
noch nie ist er gestiegen.

Er ist in jeder Weise
in seinem Wesen leise,
von Lautheit nicht die kleinste Spur.
Glichest doch du ihm nur.

Das Ruhen und das Warten
sind seiner üb'raus zarten
Eigenheit eigen,
er lebt im Sichhinunterneigen.

Nie kehrt er dorthin je zurück,
von wo er niederfiel,
er geht nicht, hat kein Ziel,
das Stillsein ist sein Glück.

Robert Walser

Schnee

Kind sein,
mit dem Wind um die Wette laufen,
wenn Schnee das Land bedeckt,
die Konturen des Tages sich lösen
und Kinder
den Schneemann bauen.

Nicht die Kälte spüren,
die das Haus umstellt,
nur den Wind hören:
wenn Schnee das Land bedeckt.

Horst Bingel

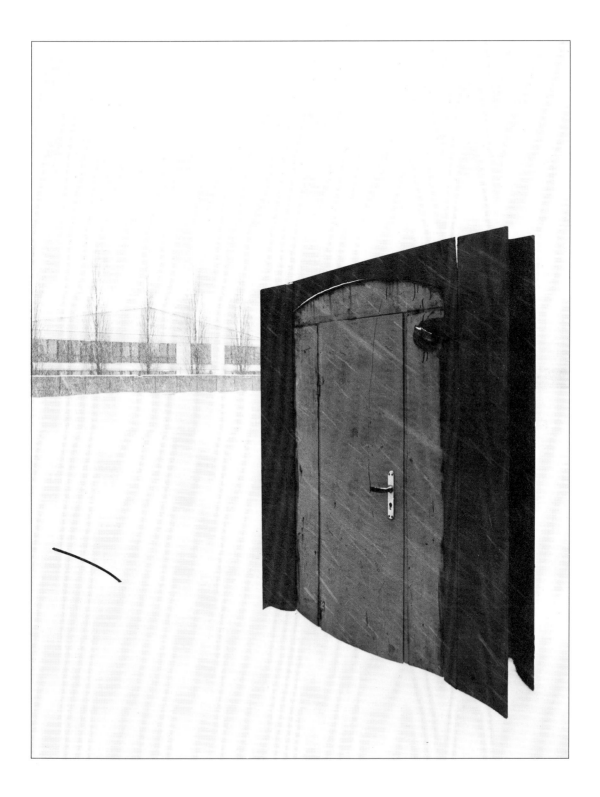

Sanctus Januarius

Motto zum vierten Buch der
Fröhlichen Wissenschaft

Der du mit dem Flammenspeere
meiner Seele Eis zerteilt,
Daß sie brausend nun zum Meere
ihrer höchsten Hoffnung eilt:
heller stets und stets gesunder,
frei im liebevollsten Muß: —
also preist sie deine Wunder,
schönster Januarius!

Genua, im Januar 1882
Friedrich Nietzsche

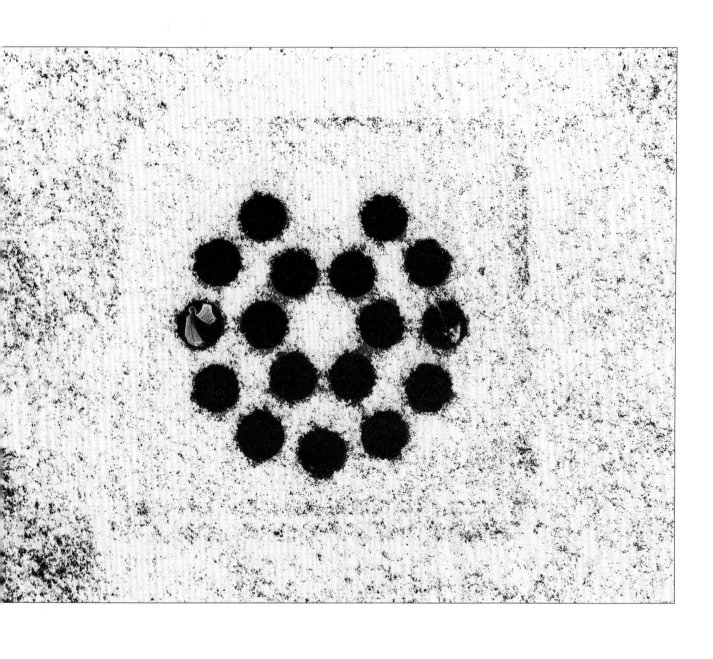

In der Stille

der Kran, heute, ohne Bewegung,
und ich sehe nichts, heute,
im Ausschnitt des Fensters,
was sich bewegt

Jürgen Becker

Winterwanderung

Der Winter hat mit silbernen Geräten
Mich ganz umstellt.
Ich muss nun Zauber treiben,
Ich muss hinaus, ich kann nicht bleiben,
Verwandeln muss auch ich die Welt.
O wunderbarer Proteus, du entwindest
Dem Griffe dich, der dich zu fassen strebt,
Du löst und bindest.
Stern, Blume, Spiegel – alles lebt.
Silberner Reif fällt aus der blauen Luft,
Flocke an Flocke wirkt ein schimmernd Kleid,
Die dunkle Erde ist nun weiss.
Ich sehe Farn und Palme spriessen
Und den Kristall zusammenschiessen,
An Fenstern treibt in Blumen Eis.
Das Wasser wandelt sich zu Licht,
Das sich in Regenbogen bricht.
Was ist mein Glück? Was ist des Zaubers Kraft?
Sei's Tag, sei's Nacht,
In allem bin ich, was mich schafft,
Und alles schafft in mir mit Macht.

Friedrich Georg Jünger

Die Winterbäume
Von alten, alten Zeiten
Ein Wiederhall sind ...

Issa

Wintereinsamkeit —
In einer einfarbigen Welt,
Das Singen des Windes.

Bashô

Rauhreif

Etwas aus den nebelsatten
Lüften löste sich und wuchs
über Nacht als weißer Schatten
eng um Tanne, Baum und Buchs.

Und erglänzte wie das Weiche
Weiße, das aus Wolken fällt,
und erlöste stumm in bleiche
Schönheit eine dunkle Welt.

Gottfried Benn

Mensch Rabe Schnee

Ruf ich den Menschen
kommt der Rabe
bringt Schnee
und krummen Schrei

Die Kartoffel
gibt mir Mehl und Mineralien
Was will ich mehr

Von Grünspan
bemooste Kupfertöpfe
haben abgedankt
Die Aluminiumzeit
ist angebrochen

Die stachlige Luft
läßt den Menschen
nicht zu mir heran

Ich zeichne
seinen Umriß
in den Schnee:
Futter für Raben

Rose Ausländer

Vor allem wollte ich mich noch einmal
am Anblick der alten Bäume laben;
daß sie auf Erden aussterben,
ist unter allen bösen Zeichen das bedenklichste.
Sie sind ja nicht nur die mächtigsten Symbole
unberührter Erdkraft,
sondern zugleich des Ahnengeistes,
wie er im Holz der Wiegen, Betten und Särge webt.
In ihnen wohnt wie in Schreinen geweihtes Leben,
dessen der Mensch bei Ihrem Sturz verlustig geht.

Ernst Jünger

Gestutzte Eiche

Wie haben sie dich, Baum,
    verschnitten,
Wie stehst du fremd und
    sonderbar,
Wie hast du hundertmal
    gelitten,
Bis nur noch Trotz
    und Wille in dir war!
Ich bin wie du; mit dem
    verschnittenen,
Gequälten Leben
    brech ich nicht
Und tauche täglich aus
    durchlittenen
Roheiten neu die Stirn
    ans Licht.

Was in mir weich und
    zart gewesen,
Hat mir die Welt geknickt,
    verhöhnt,
Doch unzerstörbar ist
    mein Wesen,
Ich bin zufrieden,
    bin versöhnt.
Geduldig neue Blätter
    treib ich
Aus Ästen hundertmal
    zerspellt.
Und allem Weh
    zum Trotze bleib ich
Verliebt in diese
    tolle Welt.

Hermann Hesse

Wintermärchen

Es war ein Winterabend, wir sahen
den zögernden Flocken zu,
die Umschau hielten
nach einem Fleckchen Erde.

Tänzelnd suchten sie der Endgültigkeit
ein paar freie Bewegungen
des luftigen Daseins
abzuschwindeln.

Unstete Flocken, wer hätte euch zugemutet,
daß ihr euch so artig zusammentun würdet
zu einer funkelnden Decke,
die sich am nächsten Morgen
schlichtend auf alles legt?

Wir wollen euch dauernd lieb haben,
euer lautloses Seelenheil,
deshalb dürfen wir nie ganz wissen,
was ihr seid.

Cyrus Ataby

Winterabend

Der Nebel legt sich kühl und grau
auf die Dinge, und nur Laternen
und die weißen Hauben von Schwestern
schimmern. Und einzelne Worte fallen
wie Regentropfen: ... Gestern ...
und: ... meine Frau ...
und seltsam hallen
sie nach wie Gedichte
und man denkt eine ganze Geschichte
aus ihnen zusammen.

Ein einsamer Schritt verweht noch im Norden,
die Straßen sind still,
und der Lärm ist müde geworden,
weil die Stadt nun schlafen will.

Wolfgang Borchert

Ein Winterabend

Wenn der Schnee ans Fenster fällt,
Lang die Abendglocke läutet,
Vielen ist der Tisch bereitet,
Und das Haus ist wohlbestellt.

Mancher auf der Wanderschaft
Kommt ans Tor auf dunklen Pfaden.
Golden blüht der Baum der Gnaden
Aus der Erde kühlem Saft.

Wanderer tritt still herein;
Schmerz versteinerte die Schwelle.
Da erglänzt in reiner Helle
auf dem Tische Brot und Wein.

Georg Trakl

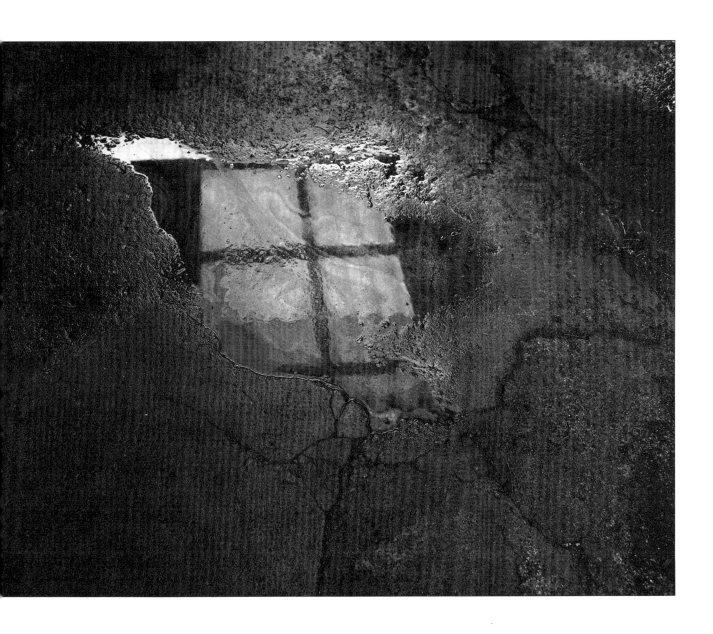

Die Einsamkeit
pflanzt nicht: sie reift ...
Und dazu noch mußt du die Sonne zur Freundin haben.

Friedrich Nietzsche

© 1986 Stürtz Verlag Würzburg
Gesamtherstellung:
Universitätsdruckerei H. Stürtz AG Würzburg
Gestaltung: Jürgen Roth, Würzburg
Printed in Germany
ISBN 3 8003 0283 7

Die Fotografien aus diesem Buch sind als
Originalvergrößerung 30 × 40 cm gegen Voreinsendung
von 70 DM (Vergrößerung incl. MwSt., Porto und
Verpackung) erhältlich bei H. + V. v. Brauchitsch,
Musikantenweg 15, 6000 Frankfurt/M. 1.

Quellenverzeichnis

Cyrus Ataby, »Wintermärchen«, aus: Die Leidenschaft der Neugierde.
  © 1981 by Verlag Eremiten-Presse, Düsseldorf

Rose Ausländer, »Mensch Rabe Schnee«, aus: Mein Venedig
  versinkt nicht. S. Fischer Verlag, Frankfurt/Main 1982

Wolfgang Bächler, »Ins Weiße blickend«, aus: Ausbrechen,
  S. Fischer Verlag, Frankfurt/Main 1976

Bashô, Japanische Jahreszeiten, Manesse Verlag, Zürich 1963

Johannes R. Becher, »Weihnacht«, aus: Gesammelte Werke,
  Aufbau-Verlag Berlin und Weimar 1973

Jürgen Becker, »In der Stille«, aus: Gedichte 1965–1980.
  © Suhrkamp Verlag Frankfurt am Main 1981

Gottfried Benn, »Rauhreif«, aus: Sämtliche Werke, Band II,
  Stuttgarter Ausgabe, Gedichte 2, Klett-Cotta, Stuttgart 1986

Horst Bingel, »Schnee«, aus: Lied für Zement, Gedichte

Wolfgang Borchert, »Winterabend«, aus: Das Gesamtwerk.
  Copyright © 1949 by Rowohlt Verlag GmbH, Hamburg

Hermann Hesse, »Gestutzte Eiche«, aus: Die Gedichte.
  © Suhrkamp Verlag Frankfurt am Main 1977

Peter Huchel, „Schnee", aus: Gezählte Tage
  © Suhrkamp Verlag, Frankfurt am Main 1972

Issa, Japanische Jahreszeiten, Manesse Verlag, Zürich 1963

Ernst Jünger, Sämtliche Werke, Tagebücher II, Strahlungen I,
  Klett-Cotta, Stuttgart 1979

Friedrich Georg Jünger, Winterwanderung,
  Vittorio Klostermann 1974

Friedrich Georg Jünger, Winterfrühe,
  Vittorio Klostermann, Frankfurt/Main 1974

Hermann Kasack, »Spaziergang im Winter«, aus: Aus dem ch
  schen Bilderbuch, © Suhrkamp Verlag, Frankfurt am Main

Friedrich Nietzsche, »Vereinsamt, Sanctus Januarius, Einsaml
  aus: Kritische Gesamtausgabe, Walter de Gruyter Verlag B

Rokwan, Japanische Jahreszeiten, Manesse Verlag, Zürich 19

Georg Trakl, »Ein Winterabend«, aus: Dichtungen und Briefe,
  historisch-kritische Ausgabe, Otto Müller Verlag Salzburg

Robert Walser, »Der Schnee«, aus: Das Gesamtwerk. © Suhr
  Verlag, Zürich/Frankfurt am Main 1978